Die tollsten Fußballgeschichten für Erstleser

1. Klasse
Der Bücherbär

Liebe Eltern,

jedes Kind ist anders. Eines kennt bereits alle Buchstaben in der Vorschule und kann sie zu Wörtern formen. Ein anderes lernt das Abc beim Eintritt in die Schule. Für das spätere Leseverhalten ist das völlig unerheblich. Wichtig aber ist der Spaß am Lesen – und zwar von Anfang an. Darum muss sich die konzeptionelle Entwicklung von Lesetexten an den unterschiedlichen Lernentwicklungen der Kinder orientieren. Unser Bücherbär-Erstleseprogramm umfasst deshalb verschiedene Reihen für die Vorschule und die ersten beiden Schulklassen. Sie bauen aufeinander auf und holen die Kinder dort ab, wo sie sind. So wird der Lernprozess auch für den fortgeschrittenen Erstleser leichter und die Freude am Lesen hält ein Leben lang.

Die Geschichten in diesem Band richten sich an Leseanfänger in der 1. Klasse.

In Zusammenarbeit mit
westermann

Die tollsten Fußballgeschichten für Erstleser

Arena

FSC
www.fsc.org
MIX
Papier aus verantwortungsvollen Quellen
FSC® C110508

1. Auflage 2019

Einbandillustration: Irmgard Paule
Gesamtherstellung: Westermann Druck Zwickau GmbH
ISBN 978-3-401-71372-4

www.arena-verlag.de

Inhaltsverzeichnis

Sibylle Rieckhoff
studierte Illustration und arbeitete anschließend viele Jahr in der Werbung. Seit 1999 schreibt sie Geschichten für Kinder. Sie lebt mit ihrem Mann und ihrer Tochter in Hamburg.

Irmgard Paule
arbeitet seit dem Studium für Gestaltung als freie Grafikerin in der Werbebranche und ist seit 1998 als freischaffende Illustratorin tätig.

Sibylle Rieckhoff

Die Torjäger
Sieben Freunde für ein Tor

Mit Bildern von Irmgard Paule

Fußball-Camp für alle?

„He – seht mal,
was ich hier habe!"
Aufgeregt kommt Nico
ins Klassenzimmer gestürmt.
Er hält einen Zettel in der Hand.
Seine Freunde
scharen sich um ihn.
Lukas, Jan, Slobo, Henri,
Tom und Florian –
alle sind gespannt.

Nico faltet das Papier auseinander.
„Das ist die Anmeldung
für unser Fußball-Camp
in den Sommerferien.
Hier tragen wir unsere Namen ein.
Da müssen unsere Eltern
unterschreiben.
Dann schicken wir das Ganze
zurück, und fertig."

„Supi!“ Alle lachen und klatschen sich gegenseitig in die Hände.
„Eine Woche lang von morgens bis abends Fußball spielen – perfekt!“
„Soso, was höre ich da?“,
ruft Frau Sommer.
Sie schließt energisch die Tür.
Das bedeutet: Nun geht es los.
Leider nicht mit Fußball,
sondern mit
einem Riesen-Diktat.

„Alle Schüler auf ihre Plätze“,
ordnet die Lehrerin an.
„Unsere Super-Sportler auch.
Fußball ist erst später angesagt.
Und überhaupt:
LESEN von morgens bis abends
wäre auch nicht schlecht für euch.“
Jan antwortet frech:
„Wer zu viel sitzt, wird dick.
Aber das eine oder andere
Fußballbuch können wir
in den Ferien ja mal anschauen.
Ihnen zuliebe.“

Familien-Urlaub

Am Nachmittag
treffen sich alle
auf dem Fußballplatz.
Aber zum Trainieren
haben sie heute keine Lust.
Es gibt ja so viel zu besprechen.
„Wann geht es denn los
mit eurem Camp?“,
fragt Rudi.
Er ist der Trainer der sieben.
Er findet ein Fußball-Camp
natürlich prima.

„Gleich in der ersten Woche
der Sommerferien“, sagt Nico.
„Ein Bus fährt uns hin
und holt uns sieben Tage später
wieder ab. Und dazwischen
gibt es nichts als Fußball!“

Tom sagt: „Wir schlafen
in der Jugendherberge,
das finde ich spannend.
Ganz ohne Eltern . . .“
„Na, dann wird wohl nicht
allzu viel geschlafen“,
grinst Rudi.
„Aber das könnt ihr ja nachholen.
Anschließend,
beim Familien-Urlaub.“

„Nach dem Camp fliegen wir
nach Mallorca“, erzählt Nico.
„Wir fahren an die Nordsee“,
sagt Tom.
Slobo besucht seine Verwandten
in Kroatien,
Lukas macht Urlaub
auf dem Bauernhof
und Henri in den Bergen.

„Ich leiste nur meiner Großmutter
Gesellschaft“, sagt Jan.
Henri ruft:
„Tu nicht so bescheiden!
Deine Oma lebt in Florida!“
Alle lachen.

Nur einer ist merkwürdig still.
Er hat die ganze Zeit über
noch kein Wort gesagt.
Er sitzt abseits
und hört den anderen zu.

„Und du, Flo?“, will Rudi wissen.
„Wohin verreist du?“

„Ich fahre gar nicht weg“,
sagt Florian ernst.

„Gar nicht?“, rufen alle erstaunt.
Nico fügt hinzu:
„Dann ist es für dich ja doppelt gut,
dass wir in das Camp fahren.“
Florian sieht ihn merkwürdig an.
„Ich sagte: ‚Gar nicht.‘
Und gar nicht heißt gar nicht. Klar?“

Die Super-Idee

Einen Moment lang sind alle stumm.
Was hat Flo da eben gesagt?
„Heißt das,
du willst nicht mitkommen?“

„Das heißt:
Ich kann nicht mitkommen“,
sagt Florian.
„Warum nicht? Keine Lust?“,
fragt Tom vorsichtig.

„Na klar – ich hab mir noch nie
was aus Fußball gemacht“,
antwortet Florian trotzig.
„Stellt euch vor: Ich habe kein Geld.
Nicht fürs Camp
und für andere Reisen auch nicht.
Meine Mama hat vor zwei Wochen
ein Baby bekommen.
Jetzt sind wir vier Kinder.
‚Dieses Jahr müssen wir sparen
und Mama ein bisschen
zur Hand gehen‘, sagt Papa.
Aber so schlimm ist das
nun auch wieder nicht.“

„Klar ist das schlimm!“,
widerspricht Slobo.
„Du gehörst dazu, wir sind ein Team.“
„So teuer ist das doch gar nicht“,
sagt Nico.
„Für dich vielleicht nicht.
Dein Vater ist ja auch Obermufti
in irgendeiner Bank!“

Florian steigen Tränen in die Augen.
Sie sollen ihn gefälligst
in Ruhe lassen!
Ist doch schon blöd genug,
dass er nicht mitfahren kann.
Darüber muss man nicht noch
stundenlang reden.
„Ich geh jetzt nach Hause“, sagt er.
Henri ruft energisch:
„Du bleibst!
Ohne dich fahren wir nicht.
Wenn du kein Geld hast,
müssen wir eben welches
beschaffen. Basta!“
„Fein! Wie wäre es mit einem netten
kleinen Banküberfall?“, fragt Jan.
Aber diesmal lacht niemand.

Rudi hat zugehört.
Jetzt mischt er sich ein.
„Henri hat recht.
Jeder von euch sollte sich überlegen,
wie er etwas beisteuern kann“,
sagt er.

„Ich kann babysitten!“,
ruft Henri schnell.
„Ich kann Nachhilfeunterricht geben“,
sagt Tom.
Lukas überlegt: „Ich könnte die Hunde
unserer Nachbarn ausführen.“
Doch Slobo schüttelt den Kopf.
„Das bringt alles nicht genug.“
Das stimmt.
So viel Geld, wie sie
für Florians Reise brauchen,
kommt damit nicht zusammen.

Doch plötzlich ruft Nico:
„Ich hab's! Wir organisieren
ein Fußballspiel.
Ein . . . wie nennt man das noch?"
Slobo hilft ihm: „Benefiz-Spiel.
Das machen die großen Vereine
auch manchmal.
Alles, was sie bei so
einem Spiel einnehmen,
spenden sie für einen guten Zweck."
„Unser guter Zweck heißt Florian!",
ruft Jan.

„Eine Super-Idee“,
lobt Rudi seine Leute.
„Also ran an die Arbeit.
Jetzt erst mal ans Training
und dann ans Benefiz-Spiel.“
Er wirft ihnen den Ball zu.
„Los geht's!“

Porsche oder Kochtopf

In den nächsten Tagen haben
die sieben Freunde viel zu tun.
Ein Fußballspiel
allein zu organisieren,
das ist nicht leicht.
Aber sie werden es schon schaffen.
Die erste Frage ist:
Gegen wen sollen sie spielen?

„Gegen die aus der 4b,
das wäre das Einfachste“,
schlägt Lukas vor.
„Oh, bitte nicht!“, stöhnt Tom.
Er sieht sich schon einsam im Tor,
und Ivo aus der 4b
stürmt wie Rambo darauf zu.
Das bringt keinen Spaß!
„Wir laden die Mannschaft
aus der Heilwig-Schule ein“,
bestimmt Slobo.

„Die sind im Moment die Besten.
Dreimal hintereinander
die Nummer eins der Schülerliga,
das ist echt stark!
Das ist der Gegner,
den wir brauchen."
„Wirklich?", fragt Nico zweifelnd.
„Wir brauchen auch Zuschauer",
erklärt Slobo.
„Viele Zuschauer bringen viel Geld.
Und was zieht
jede Menge Zuschauer an?
Natürlich nur ein Spitzenspiel."

Das leuchtet allen ein.
„Wie kriegen wir das Geld zusammen?
Sollen wir Eintrittskarten verkaufen?“,
will Lukas wissen.

Nein, das geht nicht,
da sind sich alle einig.
Dann könnte jemand
mit wenig Taschengeld
ja gar nicht dabei sein.

„Wir backen Kuchen
und verkaufen sie“,
schlägt Henri vor.

„Auweia!“, stöhnt Tom.
„Ich kann nicht backen.“

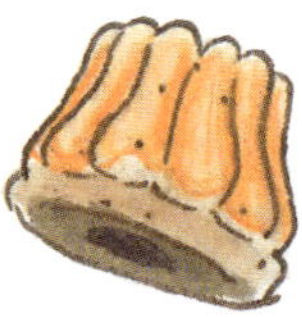

„Du nicht.
Aber deine Mutter bestimmt!“,

grinst Henri.

„In der Klasse gibt es 25 nette Mamis,
also 25 Kuchen.
Jeder hat acht Stücke, das macht . . .“

„200“, sagt Jan.

„Richtig. Jedes Stück kostet 50 Cent,
und schon sind 100 Euro beisammen.“
100 Euro!

Alle nicken begeistert.
Nico ruft:
„In der Pause
gibt es Torwand-Schießen,
drei Schuss für sensationelle 50 Cent!“

Lukas sagt:
„Wir machen eine Tombola.
Jeder in der Klasse spendet,
was er nicht mehr braucht.
Wir müssen natürlich
einen tollen Hauptgewinn haben,
damit viele ein Los kaufen."
„Einen Porsche!", schlägt Tom vor.
„Oder den Schnellkochtopf
von meiner Mutter", sagt Jan grinsend,
„den sie nie benutzt."

Alle sind nun fröhlich drauf.
Das wird nicht nur
ein spannendes Spiel.
Das wird ein richtiges Fußballfest.
Florian ist glücklich.
Es ist wirklich gut,
solche Freunde zu haben.

Echt nervös

Endlich ist er da, der große Tag.
Die Sonne scheint, so hell sie kann.
Und alle Schüler freuen sich schon.
Auf das Fußballfest am Nachmittag.
Und auf die Sommerferien,
die in zwei Tagen beginnen.
„Mensch, Leute, ich bin echt nervös!"
Wie ein aufgeschrecktes Huhn
läuft Nico auf dem Sportplatz herum.

In einer Stunde ist Anpfiff,
das ist nicht mehr viel Zeit.
Die Heilwig-Kicker sind schon alle da.
Ihr Mannschaftskapitän Leif
sieht sich staunend um.
„Tolle Veranstaltung hier“, sagt er.
„Für Spieler ist der Kuchen umsonst,
stimmt's?“
Er greift sich
ein leckeres Stück Schokotorte.

„Nichts da!“, ruft Henri
und haut ihm auf die Finger.
„Alle Mütter haben fleißig gebacken,
alle aus der Klasse helfen
beim Verkaufen.
Da wird nichts verschenkt!“
Leif spielt beleidigte Leberwurst
und legt den Kuchen zurück.
„Na gut, dann nicht.
Aber aus Rache werden wir
euch plattmachen.“

„Das wollen wir ja mal sehen!“, ruft Slobo.
Er überprüft die Torwand.
Sie wird heute noch viel aushalten müssen.
Neben dem Spielfeld ist ein Tapeziertisch aufgebaut.
Er biegt sich durch, so viele Sachen liegen darauf.
Alle aus der 3a haben was gespendet: Bücher, CDs, Spiele.
Und als Hauptgewinn einen fast neuen Gameboy.
„Beinahe so gut wie ein Porsche“, meint Jan.

Immer mehr Zuschauer
füllen den Platz.
Endlich trifft auch Rudi ein.
Er ruft seine Mannschaft zusammen.
Er sieht sie alle der Reihe nach an:
Nico, Slobo, Jan,
Lukas, Henri und Tom . . .
Einer fehlt.
„Wo steckt Florian?“, fragt Rudi.
„Keine Ahnung.“

Ärgerlich sieht Rudi auf die Uhr.
Unpünktlichkeit kann er nicht leiden.
Sie passt nicht zu einem Sportler.
„Dann fangen wir eben ohne ihn an.
Nico und Lukas, ihr stürmt,
was das Zeug hält!
Jan und Flo –
wenn er denn netterweise
irgendwann mal kommt –
machen hinten den Raum eng.
Henri und Slobo,
ihr übernehmt das Mittelfeld.
Passt auf Leif auf, der ist gefährlich!
Und du, Tom,
darfst eins nicht vergessen:
Die Bälle gehören ins andere Tor.
Verstanden?“
Alle nicken.

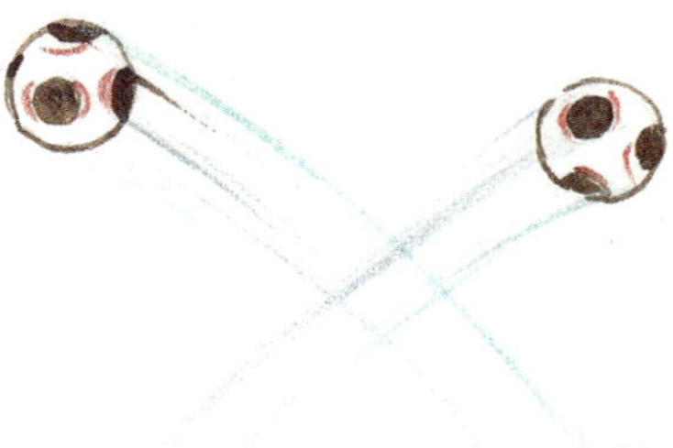

In zwanzig Minuten ist es so weit.
Aber wo steckt Florian?
Das ist wirklich seltsam . . .
Nico spricht als Erster aus,
was alle denken:
„Ich finde das blöd.
Wir machen das hier
schließlich für ihn.
Und nun lässt er uns hängen."

„Wahrscheinlich hat er Muffensausen“, murmelt Tom.
Er kann das verstehen.
Nervös sind sie alle.
Lukas sagt:
„Vielleicht ist ihm das Ganze peinlich.
Er steht nicht gern im Mittelpunkt.
Und nun ein Spiel nur für ihn . . .“

„Aber er kann sich doch
nicht einfach verdrücken!",
ruft Nico.
„Also wirklich,
ein echt toller Freund."
Henri und Slobo sehen sich an.
„So ist Flo nicht drauf",
sagt Henri leise.
„Da muss was passiert sein,
sonst wäre er hier."

Slobo zieht Henri mit sich.
Er ruft den anderen zu:
„Lauft euch schon mal warm.
Wir suchen Flo!“

Gefangen!

Der Sportplatz ist nun voll
mit Menschen.
Viele Zuschauer haben sich bereits
die besten Plätze gesichert.
Wie soll man in so einem Gedränge
einen einzelnen Jungen finden?
Henri und Slobo laufen zur Torwand,
aber dort ist Florian nicht.
Am Kuchenstand hat ihn
keiner gesehen.
Auch die Tombola-Leute
wissen nichts.

Die Heilwig-Kicker
kommen ihnen entgegen.
„Einer fehlt? Umso besser für uns!“,
ruft Leif fröhlich.
„Denkt dran: In einer Viertelstunde
sind wir verabredet.“
Sehr witzig –
sie denken ja an nichts anderes!
„Vielleicht sollten wir bei Flo
zu Hause anrufen“, sagt Henri hilflos.
Slobo schüttelt den Kopf.
„Wenn er nach Hause gegangen ist,
dann können wir ihn echt vergessen.
Lass uns lieber
im Klassenzimmer nachsehen.
Vielleicht hat er dort
etwas liegen gelassen . . .“

Sie laufen den Flur entlang.
Im Schulhaus ist es einsam und still.
Alle Schüler sind auf dem Sportplatz.
„Abgeschlossen!"
Enttäuscht drückt Slobo
die Klinke zum Klassenraum runter.
Die Tür ist zu.
Allmählich wird Slobo sauer.
„So ein Verräter!", ruft er.
„Okay – machen wir das Spiel
eben ohne ihn!
Ein Spiel für Florian ohne Florian.
Klasse!"

Plötzlich legt Henri den Finger an
die Lippen: „Pst, sei mal still!
Ich hab was gehört.
Da ist doch jemand . . . ?“
Nun hört Slobo es auch.
Ein Klopfen – wie aus weiter Ferne.
Und eine Stimme fleht: „Hilfe!“

„Das kommt aus dem Jungen-Klo!“,
ruft Slobo und stürmt hin.
Er rüttelt an der Tür –
auch sie ist fest verschlossen.
„Flo? Florian! Bist du dadrin?“
Henri hämmert gegen die Tür.
„Ich bin eingeschlossen!“,
antwortet Flo.
Er klingt verzweifelt.
„Holt mich raus, bitte!“
So schnell ist Slobo
noch niemals gerannt.
Nicht einmal
in seinem wichtigsten Spiel.
Er läuft zum Hausmeister,
holt den Schlüssel
und befreit den armen Florian
aus seinem Gefängnis.

„Ich wollte doch nur . . .“, flüstert Flo.
Er wischt sich eine Träne weg.
Slobo legt den Arm um ihn.

„Später! Alles später.
Nun müssen wir erst mal
das Spiel gewinnen!“

Der wütende Stier

Das war wirklich allerhöchste Zeit!
In letzter Sekunde kommen
Henri, Slobo und Flo
auf das Spielfeld gehastet.
Gerade ertönt der Anpfiff.
„Warm gelaufen seid ihr ja wohl“,
brummt Rudi.
„Jetzt zeigt, was ihr könnt!“

Das muss er seinen Leuten
nicht zweimal sagen.
So gut wie heute
haben sie noch nie gespielt.
Die erste Halbzeit ist so spannend,
dass den Zuschauern manchmal
der Atem stockt.
Dass die Heilwig-Kicker gut sind,
haben ja alle gewusst.
Aber was die aus der 3a zeigen,
das ist wirklich toll.

Sie kämpfen wie die Löwen.
Kein Pass geht verloren,
und an Tom im Tor
kommt kein Ball vorbei.
Das ist Fußball vom Feinsten!
Rudi läuft aufgeregt
am Rand hin und her:
„Weiter so, Leute!
Nicht müde werden!“

Doch dann passiert es:
Gerade hat Slobo sich
den Ball erkämpft,
da gehen Leif die Nerven durch.
Seine Leute sind die Besten!
Die gehen nicht ohne Tor
nach Hause.
Leif befreit sich aus seiner Deckung.
Schnaubend wie ein wütender Stier
kämpft er sich nach vorne durch,
rücksichtslos und wild.
Lukas streckt ihm das Bein entgegen,
Leif springt einfach drüber weg.

Nico kommt von der Seite angerannt.
Er ist jetzt genauso schnell wie Leif.
„Du schaffst das!“, brüllt Rudi.
Jetzt hat Nico wirklich den Ball.
„Los, Nico – lauf!“
Aber Nico kann nicht laufen,
denn Leif hält ihn am Trikot fest.

Nico stolpert und fällt auf die Knie.
Das ist mies!
„Buuh!“ Die Zuschauer pfeifen.

Das gibt die Gelbe Karte, bestimmt.
Aber der Schiedsrichter
lässt weiterspielen.
Hat er das etwa gar nicht gesehen?
Leif stürmt einfach weiter.
Jetzt ist er an der Sieben-Meter-Marke.
Er holt aus
zu einem mächtigen Schuss.
„Oooh!“, rufen alle.

Das war's.
Da ist für Tom absolut nichts
zu machen.
„1:0 für Heilwig!",
pfeift der Schiedsrichter.
„Na bitte", murmelt Leif.
Er zwinkert seinen Leuten zu
und läuft auf seine Position zurück.

Die letzten Minuten
des Spiels beginnen.
Die Kicker aus der 3a
sind enttäuscht.
Sie waren so gut.
Das ist gemein!

„Nicht aufgeben, Leute!“,
ruft Rudi.

Plötzlich geschieht etwas Seltsames.
Florian, ausgerechnet der stille
schüchterne Flo,
ergreift nun das Kommando.
„Henri – nach links!
Und Nico nach vorn“,
ruft Flo
und erkämpft sich den Ball.
Wieder kommt Leif angerannt,
er will den Ball zurück.
Aber Flo lässt ihn elegant aussteigen.
In hohem Bogen flankt er zu Henri.
Sie nimmt an und gibt weiter zu Lukas.

Lukas spielt zu Flo zurück.
Drei Heilwig-Spieler kreisen ihn ein.
Florian gibt ab zu Jan,
der steht goldrichtig.
Flo läuft sich frei.
Unaufhaltsam stürmt er nach vorn . . .
Das ist sein Spiel!
Nun will er zeigen, was er kann.
Seinen Freunden
und allen anderen auch.
„Zu mir!“, brüllt er.
Jan spielt ihn an.
Flo nimmt den Ball
mit dem Kopf an.
Er legt ihn sich vor
und zieht ab Richtung Tor.

„Flori – Flori!“,
rufen die Zuschauer begeistert.
Doch da kommt schon wieder
Leif angestürmt.
Ein Funkeln blitzt in seinen Augen.
Er will sich den Sieg
nicht wegnehmen lassen!

Das ist jetzt ein Zweikampf.
Mann gegen Mann.
Nur wenige Meter noch bis zum Tor.
Der Heilwig-Keeper
steht angespannt da,
beide Hände zur Abwehr bereit.
„Schieß!“, brüllt Rudi. „Jetzt oder nie!“

Und Florian schießt.
Er schießt den besten Ball
seines Lebens:
hart, unaufhaltsam und perfekt.
Genau ins Tor!
Der Torhüter blickt hinter sich.
Eine Sekunde lang ist es still.
Dann bricht ein riesiger Jubel los:
„Tor! Tooor! 1:1!“
Der Lärm ist so groß,
dass man kaum den Schlusspfiff hört.

Nicht verloren

„Super, Leute!
Ein unglaubliches Spiel.
Obwohl wir nicht gewonnen haben."
Rudi sieht
seine Mannschaft stolz an.
„Wir haben aber
auch nicht verloren",
grinst Nico.
„Dank Florian", sagt Tom.
„Ja – schön, dass du dich doch
noch entschieden hast,
rechtzeitig vom Klo zu kommen."
Jan boxt Florian
freundschaftlich in die Rippen.
Der wird ein bisschen rot.
„Ich wollte doch nur . . .", stottert er.

„Ich musste halt mal.
Und vor lauter Aufregung
musste ich eben etwas länger.
Plötzlich war die Tür zu.
Ihr glaubt ja gar nicht,
wie schrecklich das war.“

Henri nickt mitfühlend.
„Das war ein Versehen“,
sagt der Hausmeister.
„Da war eine übereifrige Putzfrau
am Werk.“
„Haben wir denn jetzt überhaupt
genug Geld für Flo zusammen?“,
fragt Lukas.
„Dicke!“ Henri überreicht Florian
eine Schachtel.
Sie ist voll mit Geldstücken.
„Dafür kannst du sogar
deine Geschwister ins Camp
mitnehmen.“

Florian lächelt verlegen.
„Ach nee, danke“, sagt er.
„Wenn was übrig bleibt,
lade ich euch lieber alle
zu einer großen Pizza ein.“
„Abgemacht!“
Die sieben Freunde lachen.
Sie freuen sich schon riesig
auf ihr Fußball-Camp!
Und danach zeigen sie
den Heilwig-Kickern mal,
wo’s langgeht . . .

Erhard Dietl

wurde 1953 in Regensburg geboren. Er studierte in München an der Akademie für das Grafische Gewerbe und an der Akademie der bildenden Künste. Danach begann er, als freiberuflicher Grafiker für verschiedene Zeitschriften und Verlage zu arbeiten. Inzwischen ist er Autor und Illustrator von zahlreichen Kinderbüchern.

Erhard Dietl

Patrick und der Meisterkicker

Mit Bildern vom Autor

Unschlagbar

Patrick holt seine Fußballschuhe
aus dem Schrank.
Er pfeift fröhlich
vor sich hin.
Was für ein herrlicher Sommertag!
Um drei Uhr soll er
am Fußballplatz sein.
Da warten
seine Freunde auf ihn.

Heute wollen sie gegen die Jungs
aus dem Nachbarort spielen.
Die Blauen gegen die Roten.
Patrick gehört zu den Roten.
Deshalb hat er auch
sein rotes T-Shirt angezogen
und seine rote Kappe aufgesetzt.

Patrick will heute unbedingt ins Tor.
Ich bin ein super Torwart, denkt er.
Ich bin wie Manuel Neuer!
Von Manuel Neuer hat er
ein starkes Poster über dem Bett.

Patrick stopft gerade
seine Torwarthandschuhe
in die Tasche,
da ruft Papa aus dem Wohnzimmer:
„Wie steht's denn
mit den Hausaufgaben?"
„Mach ich später", sagt Patrick.
Er ist schon halb aus der Tür.
„Die machst du jetzt gleich!",
bestimmt Papa.

Dabei ist Papa auch Fußballfan.
Er schaut sich alle wichtigen Spiele
im Fernsehen an.
Schon oft hat er versprochen:
„Wenn ich Zeit habe,
fahren wir in die Alianz-Arena
zum Bayern-Spiel!“
Aber leider hat er noch nie
Zeit gehabt.

„Erst die Hausaufgaben!“,
sagt Papa noch mal.
Ich hasse Rechenaufgaben!,
denkt Patrick.
Er setzt sich an den Schreibtisch,
aber er kann sich einfach
nicht konzentrieren.
84 : 7 + 13 = ?   125 + 6 – 3 + 9 = ?
Patrick seufzt.
Nach einer halben Stunde
ist er endlich fertig.

„Mein Gehirn qualmt schon!“,
sagt er zu Papa.
Jetzt muss er ihm
das Heft zeigen.
Papa will es noch korrigieren!
Er findet nur drei Fehler.
Patrick bessert die Fehler aus.
„Jetzt kannst du lossausen!“,
sagt Papa.
Es ist schon drei Uhr!
Patrick schwingt sich
auf sein Fahrrad
und saust los.

Ich bin der beste Torhüter der Welt,
denkt Patrick.
Ich bin total unschlagbar.
Heute trage ich
meine Spezialausrüstung:
super Schuhe mit
Weitsprung-Automatik
und extremer Abschlagskraft.

Damit springe ich
so schnell und weit
wie ein schwarzer Panther.
Ich schieße den Ball
locker über den ganzen Platz
bis ins andere Tor!

Mein T-Shirt hat
den extra Aufprallschutz.
Damit bin ich
absolut unverwundbar.
Ich gewinne
jeden harten Zweikampf!

Die Fang-Handschuhe wirken
wie Magnete.
Sie ziehen den Ball
magisch an!

Meine Sensormütze lässt mich
immer spüren,
in welche Ecke
der Ball fliegen wird.

Ich bringe meine Gegner
zur Verzweiflung,
denn ich kann
jeden Elfmeter halten!
Irgendwann spiele ich
vor hunderttausend Leuten,
genau wie Manuel Neuer!

Ausgerechnet Achim!

Patrick radelt
die Flurstraße entlang.
Da sieht er Achim
in der Toreinfahrt stehen.
„He, du, halt mal an!“,
ruft ihm Achim zu.
Mist, denkt Patrick,
was will denn der von mir?

Patrick kann Achim nicht leiden.
Er findet, dass Achim
ein Oberangeber ist.
Er findet ihn schlimmer
als Zahnweh, Husten und Pickel.
„He, hilf mir mal!“, ruft Achim.
Patrick bremst
und steigt ab.
Achim repariert sein Fahrrad.
„Ich krieg die Kette nicht rein“,
sagt er.
„Kannst du mal
den Reifen halten?“
„Ich hab’s aber eilig!“,
sagt Patrick.
Er hält Achims Hinterrad,
und Achim zerrt
an der Kette herum.

Achim flucht.
Jetzt hat er sich auch noch
in den Daumen gezwickt.
„Weil du so herumwackelst!“,
schimpft er.
„Halt doch still, Mann!“
„Ich wackel gar nicht!“, sagt Patrick
und hält den Reifen fester.
Endlich ist die Kette wieder drin
„Ich bin ein super Mechaniker.
Ich kann alles reparieren, weißt du!“,
erklärt ihm Achim.
„Schon klar“, sagt Patrick,
„ich muss jetzt los.“
„Wo fährst du hin?“,
will Achim wissen.
„Fußball spielen!“, sagt Patrick
und radelt los.

„Cool!“, ruft ihm Achim nach.
„Vielleicht komm ich später auch!“
Das fehlte mir noch,
denkt Patrick.
Ich hätt besser nichts gesagt!

Patrick biegt um eine Ecke,
da kommen ihm
Lisa und Anna entgegen.
Sie führen gerade
Annas Hund aus.
Er ist ein strubbeliger Hirtenhund
und heißt Wastl.
„Hallo, Patrick! Halt mal an!“,
ruft Anna.
Patrick bremst.
„Kommst du mit zu mir?“,
fragt Anna.
„Wir schauen meine Fische an!
Die Guppys haben
zwölf Junge bekommen!“
„Keine Zeit!“, ruft Patrick.
„Ich muss zum Fußball!
Wir spielen heute gegen die Blauen!“

„Super!“, ruft Lisa.
„Wir kommen später nach!
Ihr braucht doch Zuschauer, oder?“
„Klaro!“, sagt Patrick.
„Ich bin heute im Tor!“
„Torwart ist cool“,
sagt Lisa.

Patrick schaut auf seine Uhr.
Es ist schon halb vier!
„Ich muss weiter! Bis später!“,
ruft er den Mädchen zu.
Patrick tritt kräftig in die Pedale,
das ist ein gutes Training.
So krieg ich Muskeln aus Eisen,
denkt er.
Wenn Anna und Lisa kommen,
dann sehen sie,
was ich für ein super Torwart bin.
Fußballstars brauchen ihr Publikum,
das ist ganz klar.
Später wird er dann auch
Autogramme geben.
So wie Manuel Neuer.

1 : 0 für Wastl

Endlich ist Patrick
am Fußballplatz angekommen.
Die anderen haben längst
ohne ihn angefangen.

„Los, Mann, mach schnell!“,
ruft ihm Martin zu.
Patrick soll in die Verteidigung.
Im Tor steht schon der dicke Tom.
Da kann man nichts machen.
Patrick ist eben zu spät gekommen.

Schade, denkt er,
aber Verteidiger sein, ist auch cool.
Patrick dribbelt über den Platz
wie Bastian Schweinsteiger.
2 : 1 für die Blauen steht es.
Hannes köpft den Ball zu Patrick.
Der stoppt ihn lässig
und knallt ihn mit Wucht
nach vorne.

Als Verteidiger hat Patrick
erst mal nicht viel zu tun.
Die Roten kämpfen wie die Löwen,
der blaue Torwart kommt
ganz schön ins Schwitzen.

Aber plötzlich stürmt
der große Klaus
auf Patrick zu.
Locker trickst Klaus an ihm vorbei
und schießt.
Der dicke Tom wirft sich
nach dem Ball,
aber er hat keine Chance.
Klaus verwandelt zum 3:1
für die Blauen.

„Tooor!“, ruft Klaus.
Er reißt die Arme hoch
und tanzt vor Freude über den Platz.
„Verwarzter Mist“,
knurrt Patrick.
„Pass doch auf, du Penner!“,
schimpft ihn Tom.
„Pass selber auf, du Schlaftablette!“,
brummt Patrick.
Es wurmt ihn,
dass er Klaus nicht stoppen konnte.
Da sieht er am Spielfeldrand
Lisa und Anna
mit dem Wastl stehen.
Lisa lacht,
und Anna winkt ihm zu.
Ausgerechnet jetzt sind
sie gekommen!

Bestimmt haben sie gesehen,
wie ihn Klaus ausgetrickst hat!
Patrick ärgert sich.
Er kämpft jetzt
mit Stefan um den Ball.
Geschickt flankt er hinüber zu Jan.
Jan spielt zu Philipp.
Der köpft ihn zurück zu Patrick.
Und Patrick läuft los.

Er dribbelt an Niko vorbei,
ist jetzt schon vorne
im Strafraum der Blauen.
Gleich kann er schießen!
Alex, der Torhüter,
wartet auf Patricks Schuss.

Ich hab super Schuhe
mit Laser-Weitschuss-Zielautomatik!,
denkt Patrick.
Jetzt muss es klappen!

Plötzlich schreit Jan:
„Vorsicht! Der Hund!“
„Wastl! Hierher!“,
rufen Anna und Lisa.
Wie ein brauner Blitz
saust Wastl übers Spielfeld.
Ball spielen findet er toll!
Der Hund stürzt sich auf den Ball
und will ihn mit den Zähnen fassen.
Patrick zieht ihm den Ball
mit dem linken Fuß weg.
Er lüpft ihn hoch
und knallt ihn zum Tor.

Vergebens streckt sich Alex
nach dem Ball.
Der Ball landet
in der linken oberen Ecke.
„Tooor! Tooor!“, schreit Patrick
und reißt die Arme hoch.

„Gilt nicht!
Der Hund hat gestört!“,
rufen Niko und Tommi.
„Ungültig! Ungültig!“, ruft Alex
und holt den Ball aus dem Netz.

Patrick ist sauer.
Ein Bilderbuchtor
wäre das gewesen!
„Nur wegen diesem blöden Köter!“,
ruft er zu Anna und Lisa hinüber.
Anna läuft aufs Spielfeld
und zieht Wastl vom Platz.
„Er liebt eben Fußball!“, sagt sie.
Und Lisa ruft lachend:
„Wastl vor! Noch ein Tor!“
Doofe Ziege, denkt Patrick wütend.

Er schaut zum Himmel.
Gleich gibt es ein Gewitter.
Dicke schwarze Wolken
sind heraufgezogen.
Schon spürt er die ersten
Regentropfen.
„Halbzeit!“, rufen Niko und Martin.
Alle laufen vom Platz.

Der Angeber

„Das ist nur ein Schauer“,
sagt Jan.
„Gleich hört’s wieder auf!“
Drüben an der Eisdiele
können sie sich unterstellen.
„Nach der Halbzeit
will aber ich ins Tor!“, sagt Patrick.
Tom ist einverstanden.
Patrick kauft sich
zwei Kugeln Zitroneneis.

Wastl leckt sich die Lippen
und schaut mit großen Augen
auf das Eis.
„Friss nicht auch noch mein Eis“,
brummt Patrick.
Da sagt Niko von den Blauen:
„Er hat ein Tor verhindert!
So ein braver Hund
hat doch ein Eis verdient!“
Schon lässt er
eine Kugel von seinem Schokoeis
auf den Boden klatschen.
„Er soll nichts Süßes essen!“,
ruft Anna.
Doch Wastl hat das Eis
schon aufgeschleckt.
Da geht die Tür auf,
und Achim kommt herein.

Klitschnass vom Regen ist er.
„Hey, ihr Penner,
was treibt ihr so?“,
fragt Achim.
Er kaut Kaugummi
und popelt in der Nase.

Patrick denkt:
Achim und der Platzregen,
die passen zusammen.
„Hey, Achim, willst du mitspielen?“,
fragt Klaus.
„Wenn’s zu regnen aufhört,
gibt’s die zweite Halbzeit.“
„Cool“, sagt Achim.
Niko fragt:
„Bei wem soll er denn spielen?“
Achim gehört nicht
zu den Roten.
Und auch nicht zu den Blauen.
Achim ist erst neulich
aus der Stadt hierhergezogen.
Patrick flüstert Lisa ins Ohr:
„Er ist ein Riesenangeber.
Er nervt total!“

Achim sagt so laut,
dass es alle hören:
„Ich bin ein super Torwart! Sowieso!“
„Aber ich geh doch jetzt ins Tor“,
ruft Patrick schnell.
„Vergiss es!“, sagt Achim.
„Ich bin ein super Profitorwart.
Alles klar?“
Er lässt seine Kaugummiblase
platzen.

„Gar nichts ist klar!“, ruft Patrick.
„He, Leute, locker bleiben!“,
sagt Jan.
„Ihr könnt doch einfach losen!“,
schlägt Anna vor.
Patrick kramt in seiner Hosentasche
und holt eine Münze heraus.
Er streckt Achim
die Fäuste entgegen
und sagt: „Wenn du sie erwischst,
spielst du bei den Blauen, okay?“
„Na klar“, sagt Achim.

Er schlägt auf die linke.
Drin liegt die Münze!
„Super! Spiel ich bei den Blauen!“, sagt Achim.
„Ich bin auch ein super Stürmer!
Besser, ich geh in den Sturm, alles klar?“
Patrick steckt schnell die Hände in die Tasche.
Anna zwinkert ihm zu.
Sie hat genau gesehen, dass der Schlaumeier in jeder Hand eine Münze hatte!

Die zweite Halbzeit

Sie warten eine Weile,
bis der Regen nachlässt.
Endlich kann es weitergehen.
Anna und Lisa wollen lieber heim.
„Schade, dass der Hund schon geht!“,
sagt Niko und lacht.
Schade, dass sie jetzt nicht sehen,
was für ein toller Torwart ich bin,
denkt Patrick.

Er hat seine Sensormütze auf
und die magnetischen
Handschuhe an.
Jetzt kann es losgehen.
Der Rasen ist jetzt
nass und rutschig.
Achim kämpft um jeden Ball.
Er schreit immer wieder:
„Abgeben!“
„Los, schneller!“
„Mann! Hierher!“
Achim ist ein prima Fußballer.
Er kickt den Ball
lässig an Jan vorbei.
Er dribbelt um Philipp herum.
Er läuft wie eine Dampfwalze
auf Patricks Tor zu.
„Geh raus!“, schreit Jan.

Patrick wirft sich todesmutig
dem Ball entgegen.
Genau wie Manuel Neuer!
Seine Handschuhe ziehen
den Ball magnetisch an.
Schon hat er ihn im Klammergriff.

Da rutscht Achim aus.
Er knallt mit voller Wucht auf Patrick.
Sein Ellbogen trifft ihn hart
an der Nase.
Patrick bleibt benommen liegen.
Blut läuft aus seiner Nase!
„Er blutet!“, rufen Jan und Niko.
Jetzt kommen die anderen angelaufen.

Achim beugt sich über Patrick.
Er fasst ihn vorsichtig am Kopf.
„Nimm die Finger weg, Mann!“,
ruft Patrick und rappelt sich hoch.
Seine Nase tut ihm höllisch weh.
„Nichts gebrochen?“, fragt Achim.
„Lass mich in Ruhe!“,
knurrt Patrick.
Er hält sich die Nase
und sieht das Blut
über seine Hand laufen.

Das war Absicht, denkt er.
Was für ein fieses Foul!
Patrick kann nicht mehr weiterspielen.
Er geht zu seinem Fahrrad.
„Tut's sehr weh?",
fragt Jan besorgt.
„Bleib doch noch!", rufen die anderen.
„Ich muss los", murmelt Patrick.
Er merkt, dass ihm die Tränen
in die Augen schießen,
und radelt schnell davon.

Das darf nicht wahr sein!

Zu Hause legt sich Patrick
aufs Sofa.
„Alles geht schief!
So ein verwarzter Misttag!“,
grummelt er.
„Mannomann“, meint Papa,
„das sieht ja schwer
nach einer Schlägerei aus!
Tut es sehr weh?“

Er gibt Eiswürfel in eine Plastiktüte.
Die muss sich Patrick
auf die Stirn legen.
„Bleib einfach ruhig liegen!“,
sagt Papa.
„Siehst du, es hat schon
aufgehört zu bluten.“
So liegt Patrick
eine ganze Weile auf dem Sofa.

Jetzt tut die Nase
schon fast nicht mehr weh.
Soll ich noch mal
zum Fußballplatz gehen?,
überlegt er.
Aber bestimmt ist das Spiel
längst vorbei.
Er läuft erst mal in die Küche
und macht sich ein Wurstbrot.

Dann nimmt er sein Rätselheft
aus dem Regal.
Aber die Rätsel machen ihm jetzt
doch keinen Spaß.
Lieber spielt er auf dem Handy.
Aber er scheitert schon
beim ersten Level!
Missmutig wirft er
das Handy in die Ecke
und lässt sich wieder
aufs Sofa fallen.

Da klingelt es an der Tür.
Anna und Lisa!, denkt Patrick.
Er hört Papa an die Tür gehen.
„Patrick! Besuch für dich!“,
ruft Papa vom Flur aus.
Patrick traut seinen Ohren nicht.
Es ist nicht Anna.
Und nicht Lisa.
Es ist Achim!
Das darf nicht wahr sein!
Und Papa lässt ihn
auch noch herein!
Patrick möchte sich am liebsten
unterm Sofa verkriechen.
Da steht Achim schon im Zimmer.
Er kratzt sich am Ohr und stottert:
„I-i-ich wollt nur sagen, es tut mir voll
leid! Echt! Das war hammerhart.

Ist es sehr schlimm?"
Er zeigt auf Patricks Nase.
„Geht so", antwortet Patrick.
„Ist ja zum Glück nicht gebrochen!",
mischt sich Papa ein.
„Gut! Okay!", sagt Achim.
Er fischt einen MP3-Player*
aus der Hosentasche.
„Den leih ich dir! Wenn du magst.
Ist voll mit cooler Musik!"
„Stark!", sagt Patrick.
„Also dann!", sagt Achim.
„Alles wieder klar?"
„Alles klar!", sagt Patrick.
Achim streckt ihm
die Hand entgegen.
Patrick klatscht
auf Achims Hand.

* Sprich: M-P-3-Pläjer

„Wie ist das Spiel noch ausgegangen?“, will er wissen.
Achim grinst.
„Ganz klar: 7:1 für die Blauen.
Hab noch ein paar Tore geschossen!“

„Willst du vielleicht eine Cola?“,
fragt Papa.
„Danke, ein andermal gerne.
Muss jetzt leider heim“,
sagt Achim.
Er gibt Papa die Hand,
und schon ist er wieder draußen.

„Ein netter Typ!“,
sagt Papa zu Patrick.
„Ist das dein Freund?“
„Das ist Achim.
Mein Nasenzertrümmerer!“,
erklärt Patrick.
„Aha!“, sagt Papa.
„Übrigens, was hältst du davon,
wenn wir am nächsten Wochenende
ins Stadion zum Bayern-Spiel fahren?
Ich hab gerade zwei Karten
geschenkt bekommen.
Mein Kollege kann nicht fahren.
Der hat sich ein Bein gebrochen.“
Patrick springt vom Sofa auf
und stößt einen Tarzanschrei aus.
„Wir gehen ins Stadion?“

Das hat er sich schon
so lange gewünscht!
Papa lacht.

„Na ja, ich hab gedacht,
das wär vielleicht keine schlechte Idee!"
„Die beste Idee
dieses verwarzten Tages!",
sagt Patrick.
Dann überlegt er eine Sekunde lang.

„Sag mal, könntest du vielleicht
noch eine Karte dazubesorgen?“
„Wen willst du denn
noch mitnehmen?“, fragt Papa.
„Na, den Achim, hab ich gedacht!“,
sagt Patrick.
„Ich saus ihm schnell nach
und frag ihn, ob er kann!“
Und ehe Papa irgendetwas sagen kann,
ist Patrick auch schon
aus der Tür gerannt.

Volkmar Röhrig
wurde 1952 in Lützen bei Leipzig geboren. Er studierte Germanistik und Kulturwissenschaften und begann bereits während dieser Zeit, Hörspiele für Jugendliche zu schreiben. Er arbeitet u. a. als Hörspieldramaturg, Regieassistent und Lektor. Seit 1981 ist er freiberuflicher Autor und schreibt erfolgreich Hörbücher sowie Kinder- und Jugendbücher.

Falko Honnen
ist im Rheinland geboren und aufgewachsen. Er studierte Grafikdesign im Fachbereich Illustration in Bremen und Köln. Seit 1989 ist er als selbstständiger Illustrator für verschiedene Verlage tätig.

Volkmar Röhrig

Fußballgeschichten

Mit Bildern von Falko Honnen

Dribbeln wie Schweinsteiger

Max guckt das Spiel
seiner Lieblingsmannschaft.
Gerade fliegt der Ball
quer übers Mittelfeld.
Genau zu Bastian Schweinsteiger.
Der Spieler stürmt damit zum Tor.
Er schlägt drei, vier Haken
um die gegnerischen Verteidiger.
Max staunt und denkt:
So möchte ich dribbeln können!
Der Torwart rennt aus dem Tor.
Aber Schweinsteiger trickst auch
ihn aus und knallt den Ball
wie eine Kanonenkugel unhaltbar
in den Kasten!

Max springt vorm Fernseher hoch
und schreit: „Tor! Tor! Tor!“
Dann seufzt er: „So möchte ich
dribbeln können!“

Oma fragt neugierig:
„Was ist dribbeln?“
Max erklärt: „Siehst du,
wie Schweinsteiger mit dem Ball
um die Gegner herumläuft,
wie er sie austrickst?“
„Ja“, sagt Oma.
„Wie ein Hase im Zickzack.
Ist doch kinderleicht!“
Max schüttelt den Kopf:
„Du hast doch wirklich
null Ahnung von Fußball!“
Oma antwortet nicht.
Aber sie beobachtet interessiert
das Spiel bis zum Abpfiff.
Dann sagt sie:
„Los, zieh deine Fußballsachen an.
Ich habe eine Idee!“

Mit großen Schritten
marschiert Oma in den Park.
Max folgt ihr neugierig.
Mitten im Park sagt sie:
„Jetzt lernst du dribbeln!“
Max lacht.
„Hier stehen doch überall Bäume!“
Oma schüttelt den Kopf.
„Das sind keine Bäume.
Das sind gegnerische Spieler.
Und die Bank da vorn ist das Tor!“
Max guckt erst erstaunt.
Dann begreift er, was sie meint.

„Los“, sagt Oma.
„Immer um die Bäume herum.
Wie ein Hase im Zickzack!“
Max läuft mit dem Ball los.
Um den ersten Baum herum.
Dann um den zweiten, den dritten.
„Tempo!“, ruft Oma.
„Der Basti war viel schneller!
Du schläfst ja fast ein!“
Max stürmt,
der Ball fliegt
gegen einen Baum
und prallt zurück.
Oma kritisiert:
„Miserabler Fehlpass!“
Max flitzt im Zickzack.
Plötzlich kann er
einem Baum nicht ausweichen.

Rumms!, knallt er dagegen.
Oma protestiert wieder:
„Klares Stürmerfoul!
Gelbe Karte!“
Max stürmt weiter.
Kurz vor der Bank ruft sie:
„Schieß! Schieß!“
Er tritt den Ball.
Doch der fliegt weit
an der Bank vorbei.

Oma guckt auf die Uhr
und sagt kritisch:
„Zwei Minuten für das kurze Stück!
Und kein Tor geschossen!
Los, noch mal!“
Beim nächsten Mal braucht
Max anderthalb Minuten.
Beim dritten trifft er die Bank.

Oma schreit begeistert:
„Tor! Tor! Tor!“
Nach dem vierten Mal
fällt er erschöpft auf den Rasen.
„Sehr gut!“, lobt Oma.
„Nur eine Minute!
Kein Fehlpass! Kein Foul!
Sogar ein Tor geschossen!“
Max lächelt und keucht:
„Oma, du bist ja
ein richtiger Trainer!“
„Klar“, sagt Oma stolz.
„Bald dribbelst du besser
als Schweinsteiger!“

☞ Warum geht Oma
mit Max in den Park?

Einfach nur spielen

Lukas kommt nach Hause.
Heute hat er das erste Mal
im Fußballverein trainiert.
Es duftet nach seinem
Lieblingsessen.
Vater fragt: „Na, wie war
das erste Training?“
„Doof!“, antwortet Lukas trotzig
und wirft die Sporttasche
in den Flur.
Vater sieht ihn erstaunt an.
Mutter ruft: „Kommt essen!“

Auf dem Tisch steht eine Schüssel mit dampfenden Spaghetti.
„Was war denn so schlimm?“, fragt Vater beim Essen.
„Alles!“, sagt Lukas wütend.
„Ich habe verloren!“
„Quatsch!“, nuschelt sein Vater mit vollem Mund.
„Fußball ist doch ein Teamspiel. Da gewinnt nicht der beste und verliert nicht der schwächste Spieler, sondern die ganze Mannschaft. Außerdem musst du lernen zu verlieren!“
Lukas guckt ihn verständnislos an.
Vater nickt. „Gewinnen musst du nicht lernen, oder?

Du wirfst einfach
die Arme hoch und schreist:
‚Hurra, wir gewinnen!'
Aber wenn du verlierst?
Reißt du da auch die Arme hoch
und rufst: ‚Hurra, wir verlieren'?"
Lukas schüttelt den Kopf.
Und Vater erklärt weiter:
„Man muss verlieren können
ohne Wut oder Streit.
Nur so wird man besser!"
Lukas denkt nach.

Plötzlich schiebt er
seinen Teller weg.
„Ich soll auch abnehmen
und fit werden!“
Mutter fragt empört:
„Wer hat diesen Blödsinn gesagt?“
Lukas schnauft. „Der Trainer.
Und die anderen haben gelacht!“
Dann heult er los:
„Ich . . . ich wollte doch
einfach bloß Fußball spielen!“
Die Mutter erschrickt.
Der Vater sagt entschieden:
„Wir beide spielen wieder.
So wie früher!“
Lukas schüttelt den Kopf.
„Du hast doch keine Zeit mehr!“
Aber der Vater nickt.

„Doch! Die Zeit nehme ich mir!“
Lukas wischt sich die Tränen weg.
Vater lächelt ihn an.
„Großes Ehrenwort!“
„Klasse!“, sagt Lukas und lacht.
„Jetzt habe ich Hunger auf Spaghetti!“

☞ Der Vater sagt, dass Lukas
etwas Wichtiges lernen sollte.
Weißt du, was er meint?

Starke Mädchen

Cora und Doro betreten
das Stadion.
Gegenüber erhebt sich die Tribüne.
Vor ihnen liegt das Spielfeld.
Cora ist begeistert:

„Hier will ich kicken!“
Doro nickt. „Ich auch!“
Eine Jungenmannschaft kommt
aus der Kabine.
„He!“, ruft einer.

„Seid ihr unsere Fans?
Wollt ihr Autogramme?“
Cora kichert. „Quatsch!
Wir wollen trainieren und spielen!“
„Genau“, sagt Doro
und zeigt ihre Fußballschuhe.

Die Jungs lachen sie aus.
„Ha, Mädchen
in unserer Mannschaft!“,
ruft einer.
„Ihr heult doch,
wenn man mal foult!“
Ein anderer ruft:
„Ihr trefft ja nicht mal das Tor!“
Der Trainer kommt.

„Können wir mitspielen?“, fragen Cora und Doro. Der Trainer schickt die Jungs zum Tor. „Übt mal! Ich komme gleich.“ Dann erklärt er den beiden: „Das geht nicht. Wir sind eine Jungenmannschaft.“

Er überlegt: „Wollt ihr nicht lieber skaten
oder Pony reiten?“
Die Jungs schießen ihre Bälle
auf das Tor.
Einige fliegen vorbei,
die anderen hält der Torwart.
Doro sagt bestimmt:
„Wir wollen Fußball spielen!“
Sie läuft zum Tor,
schnappt sich einen Ball
und schießt.
Der Torwart hechtet danach,
aber unhaltbar knallt
das Leder in die rechte Ecke.

Die Jungen murmeln erstaunt.
„Pah!“, sagt der Torwart ärgerlich.
„Das war Zufall!“
Cora lacht.

„Mal sehen,
ob du meinen Schuss hältst.“
Dann jagt sie den Ball
genau in das linke obere Eck.
Der Torwart tritt wütend
gegen den Pfosten.
„So!“, sagt Doro.
„Jetzt seid ihr dran!“
Die Jungs gucken sich unsicher an.
Der Trainer hebt verlegen
die Schultern.

„Ihr habt Talent“, sagt er.
„Trotzdem könnt ihr nicht
bei uns spielen.“
„Komm“, sagt Cora
und zieht Doro am Arm.
„Es ist ein schönes Stadion.
Aber die Spieler sind Nieten,
und der Trainer ist doof!“
„Stimmt“, sagt Doro.
„Wir suchen uns
eine andere Mannschaft!“

☞ Woran kann man sehen,
dass Cora und Doro
gute Spielerinnen sind?

Der Beste im Tor

Benjamin legt den Ball
auf den Rasen und nimmt Anlauf.
Bobby zappelt aufgeregt im Tor.
Benjamin schießt mit voller Wucht.
Bobby springt,
streckt sich und fängt den Ball.
„Hurra! Wieder gehalten!“,
schreit Bobby.
Dabei freut er sich
wie ein kleines Kind.
Benjamin freut sich mit.
Obwohl er kein Tor geschossen hat.
Denn die beiden sind Brüder.
Bobby ist schon zwölf.
Doch tatsächlich ist er
wie ein kleines Kind.

Er ist geistig behindert.
Manches versteht er nicht.
Er lacht gern und laut.
Aber im Tor hält er
fast jeden Ball.
Benjamin dagegen ist sieben.
Er kümmert sich sehr
um seinen großen Bruder.
Er bringt ihn morgens zur Schule.
Er holt ihn auch wieder ab.
Am Nachmittag spielen sie
oft zusammen Fußball.

In ihrer Nähe gibt es
keinen Fußballplatz.
Es gibt nur den Spielplatz im Park.
Ein Klettergerüst
und eine Rutsche sind da.
Im Sandkasten buddeln
kleine Kinder.
Auf den Bänken sitzen Erwachsene
und schauen zu.
Daneben ist die Wiese,
auf der die Brüder immer spielen.
Manchmal liegen Hundehaufen da.
Manchmal ärgern sich Erwachsene,
weil Fußball spielen sie stört
oder Bobbys Schreien und Lachen.

„Ätsch!“, schreit Bobby glücklich.
„Du hast noch
kein Tor geschossen!“
Benjamin legt den Ball zurecht.
Ein Mann mit einer Zeitung
guckt verärgert herüber.
Benjamin schießt.

Bobby wehrt den Ball
mit der Faust ab.
Er fliegt in hohem Bogen
in den Sandkasten.
Sofort kreischt ein kleiner Junge:
„Papa! Der hat
meine Burg kaputt gemacht!“
Der Mann mit der Zeitung
springt auf
und schnappt den Ball.
„Schluss jetzt!“, schimpft er.
„Das ist ein Kinderspielplatz!“

„Es war doch keine Absicht“,
sagt Benjamin erschrocken.
„Ich will auch spielen!“,
schreit Bobby.
Der Mann sagt wütend:
„Ihr kriegt den Ball nur zurück,
wenn ihr verschwindet!“
„Böser Mann, bäh!“,
schreit Bobby.
„Komm, Brüderchen“,
sagt Benjamin.
„Du bist viel klüger als der!“

☞ Warum nimmt der Mann
Bobbys Ball weg?

Ein Platz für alle

Bobby und Benjamin laufen traurig
durch den Park.
Plötzlich ruft Bobby:
„Guck mal, ein Verrückter!“
Vor ihnen stürmt ein Junge
mit einem Ball
zwischen den Bäumen umher.
Wie ein Hase im Zickzack.

„Was machst du?“, fragt Benjamin.
Der Junge keucht:
„Ich übe dribbeln.
Ich will so gut sein wie Schweini!“
Benjamin lacht.
„Wollen wir zusammen spielen?
Ich heiße Benjamin.
Und mein Bruder Bobby ist so gut
im Tor wie Manuel Neuer!“
„Ja!“, schreit Bobby.
„Ich halte jeden Ball!“
Der Junge gibt ihnen die Hand.
„Ich bin Max.
Und meine Oma ist
ein super Trainer.“
Als sie aus dem Park kommen,
treffen sie zwei Mädchen.

Beide haben Fußballschuhe
in den Händen.
„He, könnt ihr
damit auch spielen?“,
kreischt Bobby.
„Klar!“, antworten sie.
„Besser als jeder Junge!“
„Klasse!“, sagt Benjamin.
„Wollt ihr mitspielen?“
Bobby und Benjamin,
Max, Cora und Doro
laufen die Straße entlang.

„Hurra!“, jubelt Bobby.
„Wir sind eine richtige Mannschaft!“
Benjamin nickt.
„Aber wir haben
keinen Fußballplatz.“
An einem Zaun bleiben
die Mädchen stehen.
„Das ist ein guter Platz!“,
sagen sie gleichzeitig.
Hinterm Zaun ist eine große Wiese.
Ein Opa müht sich
mit einem Rasenmäher.

„Was sucht ihr hier?“,
fragt der alte Mann misstrauisch.
Die Kinder erzählen ihm alles.
„Bitte!“, sagen Doro und Cora.
„Lassen sie uns hier spielen!“
Der alte Mann überlegt.
Schließlich fragt er:
„Könnt ihr Gras mähen?
Könnt ihr aufpassen,
dass keine Hunde draufkacken?“
„Ich glaube,
die Kinder können das!“,
sagt plötzlich jemand
hinter ihnen.
Benjamin und die anderen
drehen sich erstaunt um.

Da steht der Vater von Lukas.
Er hat alles mitgehört.
„Ich helfe beim Rasenmähen“,
sagt er.
„Und wenn die Kinder
hier spielen dürfen,
helfen andere Eltern
bestimmt auch.“
Lukas nickt stolz.
„Was mein Papa verspricht,
hält er!“

Der Opa schmunzelt.
„Na, dann kommt mal rein“,
sagt er und öffnet die Tür.
Von diesem Tag an haben die Kinder
ihren eigenen Fußballplatz.
Hier spielen sie
fast jeden Nachmittag.

Oft kommt die Oma von Max mit.
Aber sie gibt
selten Trainingstipps.
Meistens sitzt sie
mit dem Opa auf seiner Bank.
Da schwatzen sie
oder schauen beim Spiel zu.

Bald stehen auch andere Kinder
am Zaun.
Erkan, Sascha, Pia,
und wie sie alle heißen.
Jeder darf mitspielen.
„Wir sind eine große Mannschaft!",
jubelt Bobby glücklich,
und alle schreien: „Jaaa!"
Und das stimmt wirklich.

☞ Was tun die Kinder,
damit sie auf der Wiese
Fußball spielen dürfen?

Lösungen

Dribbeln wie Schweinsteiger
Sie möchte dort mit Max dribbeln üben.

Einfach nur spielen
Lukas sollte lernen, ohne Wut und Streit zu verlieren.

Starke Mädchen
Beide treffen beim ersten Versuch ins Tor.

Der Beste im Tor
Der Mann will nicht, dass Bobby auf dem Spielplatz Fußball spielt.

Ein Platz für alle
Die Kinder mähen das Gras und halten die Wiese sauber.

1. KLASSE

Kleine Geschichten

Lustige Tiergeschichten
978-3-401-71185-0

Kunterbunte Kinderwitze
978-3-401-70797-6

Lustige Dinogeschichten
978-3-401-70563-7

Spannende Ponygeschichten
978-3-401-70906-2

Jeder Band: Ab 6/7 Jahren • Kleine Geschichten • Durchgehend farbig illustriert
48 Seiten • Gebunden • Format 15,9 x 21,1 cm

Mit Bücherbärfigur am Lesebändchen und Fragen zum Leseverständnis

Zeilentrennung nach Sinneinheiten

Sehr einfache Textgliederung für das erste Lesejahr

Große Fibelschrift

Hoher Illustrationsanteil

Innenseite aus »Mammutjäger-Geschichten«
ISBN 978-3-401-09771-8

Die kurzen Geschichten rund um ein beliebtes Thema sind besonders gut zum allerersten Selberlesen geeignet. Durch die klare Textgliederung und die vielen farbigen Illustrationen ist das Lesen ganz leicht.

Der Schatz im Silbersee
978-3-401-71220-8

Sindbad, der Seefahrer
978-3-401-70802-7

Sherlock Holmes, der Meisterdetektiv
978-3-401-70712-9

Huckleberry Finns Abenteuer
978-3-401-70557-6

Jeder Band: Ab 7/8 Jahren • **Klassiker für Erstleser** • Durchgehend farbig illustriert
72 Seiten • Gebunden • Format 15,3 x 20,5 cm

it Bücherbärfigur am
esebändchen

Flattersatz ohne Trennungen

Textbegleitende Illustrationen

Fibelschrift

Innenseite aus »Die drei Musketiere«
ISBN 978-3-401-09508-0

In Zusammenarbeit mit **westermann**

Frauke Nahrgang

Kickerbande

Anpfiff für das Siegerteam

Für Finn und seine Kickerbande ist Fußball das Wichtigste auf der Welt! Aber neuerdings muss er die Spiele von der Ersatzbank aus anschauen. Kevin, der Neue, spielt jetzt auf seiner Position. Außerdem belagert er Max, der eigentlich Finns bester Freund ist. Finn ist stinksauer! Doch als plötzlich Spielmacher Max ausfällt, ist Kevin der einzig mögliche Ersatzspieler. Lässt Finn sich darauf ein, dem Neuen eine Chance zu geben?

80 Seiten • Gebunden.
ISBN 978-3-401-71094-5
Auch als Hörbuch
bei Arena audio erhältlich

Fußballfreunde halten zusammen

Ein wichtiges Auswärtsspiel steht an und ausgerechnet jetzt gibt es schlechte Nachrichten für die Kickerbande: Emil, der Tormann, ist rot-gesperrt, und sein Vater hat außerdem ein Fußballverbot verhängt. Nun soll Finn soll sich ins Tor stellen, auch wenn er eigentlich Stürmer ist. Wird er diese große Aufgabe meistern?
Nun muss die Kickerbande zeigen, dass sie auch in schwierigen Zeiten zusammenhalten kann.

80 Seiten • Gebunden.
ISBN 978-3-401-71095-2
www.arena-verlag.de